拯救演讲焦虑大作战
大作战

我不怕上台发言

〔美〕劳恩·梅尔梅德　〔美〕S.E.艾布拉姆森◎著
〔美〕阿里耶夫·克里姆邦加◎绘　李　琳◎译

北京科学技术出版社

著作权合同登记号　图字：01-2021-6226

图书在版编目（CIP）数据

　　拯救演讲焦虑大作战：我不怕上台发言 / (美) 劳恩·梅尔梅德, (美) S.E.艾布拉姆森著 ; (美) 阿里耶夫·克里姆邦加绘 ; 李琳译. -- 北京 : 北京科学技术出版社, 2022.8
　　书名原文: Harriet's Monster Diary: Awfully Anxious
　　ISBN 978-7-5714-1881-6

　　Ⅰ.①拯… Ⅱ.①劳… ②S… ③阿… ④李… Ⅲ.①儿童故事—美国—现代 Ⅳ.①I712.85

　　中国版本图书馆CIP数据核字(2021)第225918号

策划编辑：任昭敏	电　话：	0086-10-66135495（总编室）	
责任编辑：蔡芸菲		0086-10-66113227（发行部）	
责任校对：贾　荣	网　址：	www.bkydw.cn	
图文制作：品欣工作室	印　刷：	河北鑫兆源印刷有限公司	
责任印制：吕　越	开　本：	889 mm × 1194 mm　1/32	
出 版 人：曾庆宇	字　数：	17千字	
出版发行：北京科学技术出版社	印　张：	4.875	
社　址：北京西直门南大街16号	版　次：	2022年8月第1版	
邮政编码：100035	印　次：	2022年8月第1次印刷	
ISBN 978-7-5714-1881-6			

定价：29.80元

小朋友，你知道吗？

　　作为一名发育行为儿科医生，我每天都会见到一些被焦虑、低自尊、注意力不集中、电子产品成瘾等问题所困扰的孩子。我想，要是有一套工具能帮助孩子们解决这些问题就好了！于是，我将自己的临床经验与写作经验结合起来，总结出了 ST_4（STOP, TAKE TIME TO THINK）小妙招，即停下来，花时间想一想。在 **ST_4小妙招** 的指引下，阅读本书的你将意识到自己的内在力量有多么强大——这股不可思议的力量将帮助你战胜各种困难。

　　想象一下，当你能够掌控自己的身体和思维时，你将获得多大的成就感！我希望你在面对令自己紧张的情况时，或者冲动行事之前能够三思而后行；希望你变得更加细心，能够有意识地采取恰当的行动。简而言之，我希望你变得善于思考。

　　书中的角色、工具和剧情是为了帮助你树立自我意识、培养自尊心而设计的。你将见证书中人物的成长，学习如何着眼于当下。随着剧情的发展，书中的小怪兽们收获了更好的行为模式、更多的友情和更幸福的家庭——我相信这也正是阅读本书的你的愿望！

　　当然，书中的工具只是整体改善方案的一部分，其关键目的在于鼓励你和家人掌握生活的主动权。

　　祝好运！

　　　　　　　　　　　　　　　劳恩·梅尔梅德博士

本书中登场的主要怪兽!

哈丽雅特(小名阿里)

☑ 喜欢穿雨靴和吃外婆做的啵啵浆果松饼;

☑ 梦想成为一名怪兽生物学家;

☑ 脏脏球高手,个子高、胳膊长是她的先天优势!

最讨厌的事:
在一群人面前做报告!

IV

怪兽马文和触手怪蒂米

哈丽雅特的好朋友们；

学校脏脏球队的最佳得分手和传球手！

在哈丽雅特难过的时候坚定地陪在她身边；

告诉了哈丽雅特ST₄小妙招的秘密！

博贝

哈丽雅特的外婆；

烹饪手艺天下一绝；

总是能一眼看穿哈丽雅特的小情绪；

教给了哈丽雅特深呼吸的小妙招！

格里姆老师

一位天才老师；

总带大家做让人捧腹的实验！

V

目录

第 一 章

非常、非常讨厌的任务

一天的开始往往很美好。

一大早，博贝就为我准备了早餐。

博贝是我的外婆，她的烹饪手艺天下一绝。早餐是草莓怪味饮和啵啵浆果松饼。

我吃了个精光，还赶上了校车。天气好极了，白云遮住了烈日，完全没有下雨的迹象。即便这样，外婆还是允许我穿上了雨靴，因为我爱这双雨靴，而外婆爱我。

在学校里，我们在怪兽语文课上学习了莎士比亚的诗歌。格里姆老师把我和我的好朋友怪兽马文以及触手怪蒂米分到了一组。我们是脏脏球球队里的队友。格里姆老师一刻也不松懈地盯着我们，生怕我们捣蛋。

我想大概是因为我们是出了名的淘气包。

怪兽化学课实在太有意思了。

我们做了个让人捧腹的实验——毛茸茸猛犸象的专用牙膏。格里姆老师在试管里滴了几滴胡椒薄荷香料，又放入了肥皂，接着倒进去了一种神秘的化学物质，然后退后几步，静观其变。过了几秒，肥皂开始疯狂地起泡泡，还散发出类似牙膏的味道。真是太酷了！

怪兽历史课和怪兽数学课也很有意思。午餐很美味。课间休息更快乐。

接着我们上了怪兽生物课。

平常，我是很喜欢这门课的，甚至可以说这是我最喜欢的课程之一。

我喜欢学习关于植物、动物和大自然的知识，我觉得这些比怪兽历史课、怪兽语文课有意思多了。

我长大后想从事与怪兽生物相关的工作。不过具体要从事什么职业还没想好，或许做一名医生？或许是生物学家？光想想就很酷：我会被称呼为"阿里·海尔斯坦博士"，或者是"哈丽雅特·海尔斯坦博士"，反正是一位知识渊博的博士。

　　格里姆老师宣布，每位同学都得做一份跟动物有关的报告，截止日期是周五。

　　这对我来说简直是小菜一碟，今天才周二，还有几天时间可以准备。

但是她接着说道："你们得在全班同学面前展示自己的报告。"

我突然呼吸急促起来。我的心脏擂鼓似的跳了起来，胃也开始不太舒服了。

我不敢相信自己的耳朵。我一点也不想在全班同学面前做报告！他们会一直盯着我，甚至可能会嘲笑我！我讨厌在班上演讲。我会紧张得胃疼。

　　一天的开始往往很美好，接着情况可能会急转而下。

第 二 章

鬃毛狮子

格里姆老师给我们列出了一些候选动物，并且给了我们几分钟的考虑时间。

她说蒂米有优先选择
的权利，因为他最近在怪
兽生物课上表现得很好。
他本周获得了三枚金角角
贴纸。

我曾经觉得蒂米不好
接近。他沉迷于在平板电
脑上看视频、玩游戏。我
以为他不喜欢和我们玩。

金角角贴纸	
蒂米	△△△
马文	△
哈丽雅特	△
佩内洛普	△△
莉莉	△△△
内特	△△
凯文	△△△
	△

　　不过马文告诉我蒂米没那么不友好，所以有
一天我在校车上主动和他说话了。他真的非常友
好！我们讨论了我最喜欢的电视节目《超级制裁
者》。从那以后，我们就成了朋友。

蒂米决定研究挪威海怪。班上的一些孩子感到很懊恼，因为被蒂米抢先了。挪威海怪这么受欢迎一点也不奇怪，它就住在深深的海底，是一只巨大的乌贼，非常酷！

马文选了三尾猴。他告诉我："看到它我就想起我姐姐莫莉。"我咯咯地笑了。

刺毛怪佩内洛普选了会喷火的沙漠獾。

然后轮到我选了。大家都盯着我，我又觉得胃有点不舒服了，但格里姆老师还在等着我的答案呢。

我想要开口说话，却像哑了一样。

"阿里?"

我咽了咽口水，清了清嗓子，终于开了口，"我想选鬃毛狮子。"

我，我，我……

我声音小得像蚊子嗡嗡叫。我讨厌胆小的自己。我觉得自己在全班面前做报告的时候也不会好到哪里去。大家都会嘲笑我，叫我胆小鬼。

触手怪蒂米	挪威海怪
怪兽马文	三尾猴
刺毛怪佩内洛普	会喷火的沙漠獾
哈丽雅特·海尔斯坦	鬃毛狮子

不过格里姆老师只是点了点头，把我的名字写在了黑板上：哈丽雅特·海尔斯坦——鬃毛狮子。

　　我确实喜欢鬃毛狮子，这是我最喜欢的动物。它们住在怪兽大陆大洋彼岸斯凯瑞克洲的稀树草原上，是凶猛的猎手，以鹿、野猪等动物为食。它们过着群居生活。雄狮脸周遍布着长长的、脏兮兮的、乱糟糟的鬃毛。雌狮也长着鬃毛，只是它们的鬃毛长在背上，像独角兽那样。

我很喜欢鬃毛狮子，可这不代表我愿意在众人面前谈鬃毛狮子啊！一想到要跟全班同学分享就感到很可怕。

第 三 章

噩梦般的家庭作业

我一般比爸爸妈妈早到家（除非我有脏脏球训练）。他们俩工作太忙了，要到晚上很晚的时候或者周末我才能见到他们，不过外婆大多数时间都会陪着我。

像往常一样，我回到家的时候，外婆已经备好美味的零食等着我了，有怪兽脆脆饼、粉色怪味饮以及一个酸苹果。我的胃里仍然有点不舒服，没有什么食欲。不过我不想外婆为我担心，所以还是吃掉了所有食物。没想到，吃完后我确实感到舒服了些。

外婆问我今天过得怎么样。我跟她讲了做报告的事情。我没告诉她我很紧张，但我觉得她一定懂我，因为外婆总是那么善解人意。她朝我挑了挑眉毛。

　　我回到自己的小房间，开始做作业。作业
并不难，但我一直忍不住去想关于鬃毛狮子的
报告。

要不在平板电脑上玩一局《数字大嘴巴》吧。

顺利通关！我把平板电脑放到一边，转眼就看
到作业夹最上面放着怪兽生
物学报告的作业。我
把作业纸放进
怪兽生物课
的文件夹里，
转而拿出了
怪兽语文课的
作业。

我们得写一篇关于查尔斯·施狄更斯的短评。这对我来说是小菜一碟。但是我刚完成这项作业，就又看见了怪兽生物课的文件夹。我连看都不用看，就能感受到那个作业有多可怕。

　　也许我该开始准备报告了，可是我的胃却越来越不舒服。我安慰自己还有几天时间呢，改天再做吧。也许明天我就能开始了。

我完成其他科目的作业后就下了楼。外婆的
怪兽百胜饼已经快做好了，爸爸妈妈也已经一脸
疲惫地到家了。他们总是跟我说他们不累，他们
每日的工作是对着电脑，不是什么体力活，只不
过每天要八个
小时盯着电脑
屏幕。但是他
们看起来确实
满脸倦容。

也许我担心过头了。

爸爸笑着过来捋了捋我的头发，问我今天过得怎么样。我说："还好。"

我不想告诉他做报告的事情，不过外婆看着我并冲我挑了挑眉，这让我意识到我得告诉爸爸。

妈妈问我报告的内容是什么。我告诉她是鬃毛狮子，她说："太棒了，我们家的'小狮子'要做一个关于狮子的报告啦。"

阿里=狮子

其实，我的小名阿里的含义是狮子。

爸爸妈妈笑着看向我。我不想告诉他们我很紧张。我不想给他们添麻烦，他们工作已经够累了，这件事也只会让他们担心而已。

  我不想告诉他们做报告这件事会让我胃不舒服，那种感觉就像有只鬃毛狮子坐在我的胸口上，让我无法呼吸。

  是的，我确实太紧张了。

第 四 章

噩梦如果真的降临
会怎么样?

晚饭之后，我看了一会儿电视节目《超级制裁者》。爸爸妈妈在洗碗，而外婆坐在沙发上织围巾。

　　《超级制裁者》还是那么吓人。邪恶的毛脸
先生计划在整个惊叫村建造一个巨大的巢穴，这
样就没人能够逃过他的巨型冰射线枪了。

　　但是智慧博士埃米和大块头队长完美地解除
了危机。超级制裁者们及时终结了毛脸先生的
阴谋。

我敢打赌，智慧博士埃米一定不会因为做报告而苦恼，拯救怪兽星球就够她忙的了。

看完了《超级制裁者》，我该上床睡觉了。我刷了牙，爸爸妈妈帮我盖好被子，外婆给我读了一个睡前故事。其实我觉得自己已经长大了，不需要听着故事入睡了，不过这一点我永远不会主动告诉外婆。

外婆关上灯，掩上门，我试着入睡，却忍不住去想报告的事情。

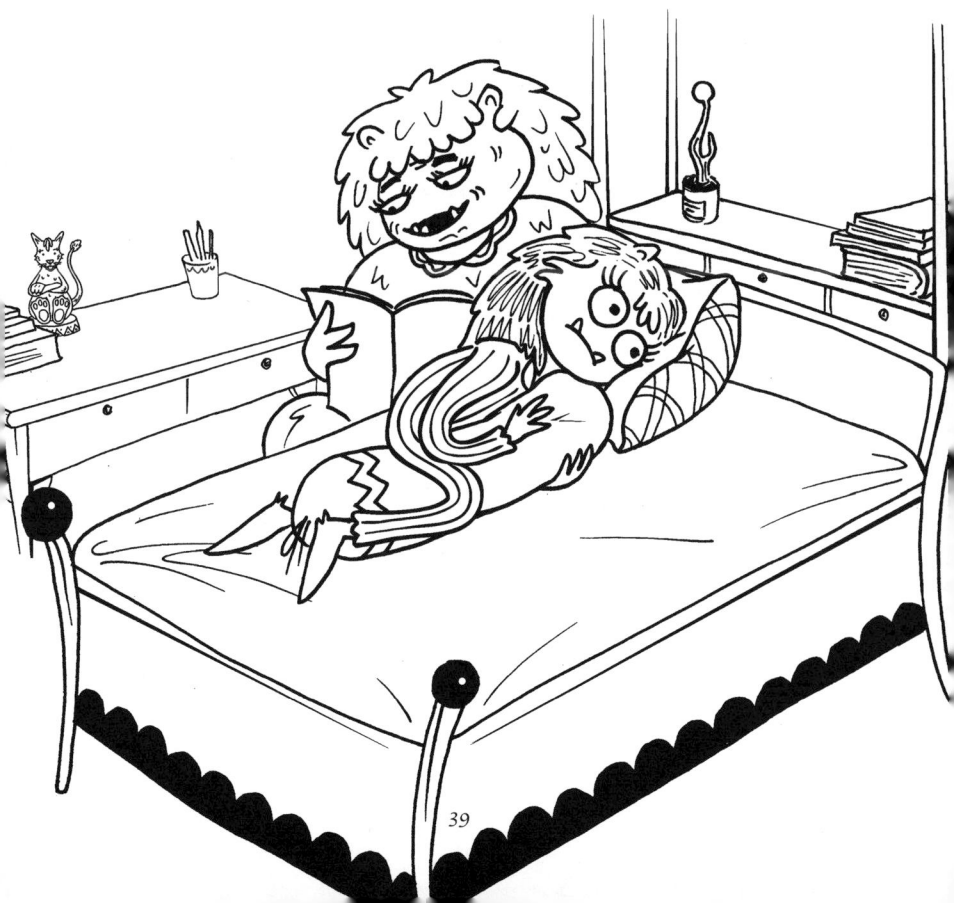

不是我不喜欢狮子或者不喜欢学校。学校有时候真的很有意思。我只是不想在众人面前讲话，我怕自己说一些傻话。

要是我在往讲台走的路上绊倒了怎么办？要是我的鞋带没系紧，被其他小怪兽的脚或者尾巴绊倒了怎么办？我一定会摔个四脚朝天、鼻青脸肿。

要是我碰巧讲错了怎么办？要是我说成了"鬃毛狮子来自怪兽大陆南部的热带雨林，而不是斯凯瑞克洲的稀树草原"怎么办？大家都会嘲笑我，我会说不出话来的。

又或者我衬衫扣子都扣错了怎么办？要是我忘记梳头，顶着乱糟糟的鸡窝头去做报告怎么办？要是我打翻午餐盘弄脏衣服怎么办？

　　要是我吐了怎么办？太可怕了，这些情景一个比一个可怕！

　　要是这些麻烦事同时发生了怎么办？!

我抑制不住地去想象这些情景，闭上了眼睛。

"哈丽雅特，"格里姆老师严厉地喊了我的名字，"轮到你做报告了，到讲台上去，快点！"

我从座位上跳起来，先是被蒂米的触手绊了一下，接着是佩内洛普的尾巴，然后是马文的鞋子。我摔了个狗啃泥，站起来的时候流起了鼻血。更惨地是，我往下一看，发现自己衣服上满是食物污渍。

我站在讲台上，浑身颤抖，想要开口讲话，但除了"我我我……"之外什么声音都发不出来。同学们用手指着我，哄堂大笑。

　　这时候，教室门突然开了，一群鬃毛狮子破门而入。它们绕着我转圈圈，指责我做了蠢事。我的胃好疼啊，同学们也对我指指点点，毫不留情地嘲笑我。狮子们转得越来越快，整个房子都开始旋转起来，我无法呼吸了。

突然间我从噩梦中惊醒，忍不住哭了。

我知道这些只是梦，但这不能安慰我分毫，这个梦让我觉得糟透了。

第 五 章

体温计坏了，

我得修好它

我觉得胃疼。我抬头看了看表，已经是夜里十二点半了，我爬下床走到楼下。

爸爸妈妈坐在沙发上。电视机开着，不过他们两个都睡着了。我拍了拍妈妈的手，告诉她我觉得胃疼。她从沙发上站起来，进到厨房，昏昏沉沉地从医药箱里取出体温计，在体温计末端套上了一个小小的一次性塑料圈，让我含在嘴巴里。温度计的指数不断上升，接着停住了。

我的体温是正常的。这怎么可能呢？

"但我真的不舒服。"我对妈妈说道。

"好吧，要是你早上发热了，就不用去上课了。"妈妈打着哈欠说，"来，我带你回卧室睡觉吧。"

她把我带回了房间，给我盖上被子，还吻了吻我的额头。

"你身体一定很难受吧，"她说，"希望你睡个好觉。"我说我会尽量睡个好觉。我确实睡着了，中途醒来，我看了看时间，大概是早上四点钟。我的胃还在疼，但是我想到了个绝妙的主意。

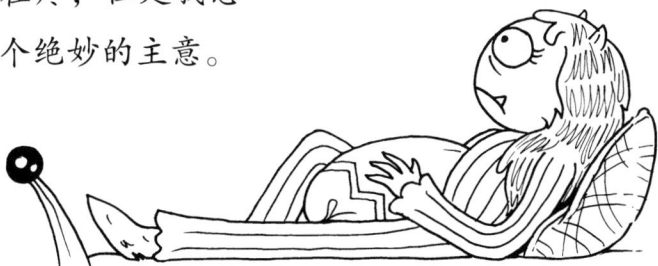

既然体温计显示我一切正常，那它一定是坏掉了。因为我知道我确实生病了。

我踮着脚尖走下楼，从柜子里偷偷取出体温计，并拧开了水池的热水龙头。等到水热得冒气了，我就把体温计放进了热水里。

体温计上的数字升得越来越高。现在这个温度肯定可以证明我发热了吧。

我转身想要把体温计拿到楼上给爸爸妈妈看，但是这时候外婆进来了，把我抓了个现行！（我忘了外婆起得很早——她说大清早是做面包的最好时间。）

　　"小姑娘，你今天怎么这么早起床啊?"

我觉得自己蠢透了，竟然忘了外婆有早起的习惯。不过，我不准备对她撒谎。

我也不是要对爸爸妈妈撒谎！我是真的病了，体温计坏掉了！

　　我原本不觉得这件事有什么好笑的，可不知道为什么，当我告诉外婆事情真相的时候，她觉得我滑稽极了。她坐在桌子旁，足足笑了将近一分钟。然后她拿走了体温计，告诉我如果我并不是真的发烧了，我还是得去学校。

　　不过，她答应不把真相告诉爸爸妈妈，因为他们也许会认为我在撒谎，但我真的没有。

撒谎的是体温计。我知道自己生病了，我身体一定是出了什么问题，不然我不会一想到报告就胃疼、呼吸困难、手打哆嗦。

但我不能对报告的事置之不理！要是我不做报告，就会得零分，爸爸妈妈和外婆都会对我非常失望。

　　今天才周三，到了周五我就在劫难逃了。我多么希望周五我能真的生病。

第 六 章

外婆讲给我听的故事

这个报告我早晚都得写。我放学回到家，做完了其他所有的作业后，就开始准备这个报告。

《动物研究报告》
周五上交

只要我把这个作
业当作一篇普通的
文章而非要在同学
面前读的报告来对
待，那么它完成起来就没
有那么难了。而且我手头正好有一
本讲鬃毛狮子的书。

鬃毛狮子

　　我从书里得知鬃毛狮子过着群居生活，狮群
中通常会有一到两头雄性狮子，一群雌性狮子，
还有许多幼崽。雌性狮子是狩猎者。她们负责寻
找食物，保护幼崽和雄狮。

　　雌狮非常勇敢，她们能够保护狮群，还可以捕猎。

　　在我的家庭中，爸爸妈妈都赚钱养家，外婆则为我们准备美味的一日三餐。他们保护我并且给我提供食物，就像雌狮一样。只有我什么都不干，还整天忧心忡忡的。

我看了眼床边书架上放着的鬃毛雌狮玩偶。她的名字是利昂娜，她从我很小的时候就陪着我。她是外婆搬进我们家的时候送给我的，她说我可以变得像雌狮利昂娜一样。

　　唉，我的小名"阿里"的含义为什么会是"狮子"呢？狮子勇敢，但我一点也不勇敢——我害怕许多东西，总是提心吊胆。我怎么都不可能像狮子一样。

有人敲了敲我的房门，是外婆。我闻到厨房传来的香味了——大概是牛肉蔬菜汤。牛肉蔬菜汤里有牛肉、卷心菜和土豆，还有外婆所说的"过冬后地窖里剩下的任何菜"。不过，我们家没有地窖，而且现在还是秋天，所以这应该是外婆的玩笑话。不过这道菜却是我最喜欢的食物之一。

外婆进来后，坐在我的床上。

"阿里，怎么啦？"

我在难过、紧张或是孤单的时候，她总是能一眼看穿。在抓包我"修"体温计的时候，她肯定就猜到我不对劲了，不过我并不知道她是怎么看出来的。她说因为自己年纪大了，什么风浪都见过。我虽然不信一个人能见识全世界的风浪，但我相信外婆一定见多识广。

我告诉她我讨厌当众讲话，但周五我必须得在全班同学面前做报告。我还告诉她，我这一周一直在胃疼。

外婆一边听我混乱地叙述着我的心事，一边徐徐地点头。我讲完后，她沉默了一会儿，然后说道："阿里，我给你讲讲我年轻时候的事吧。"

阿里，我给你讲讲我年轻时候的事吧。

我知道外婆的许多故事——当她还是个小女孩的时候，住在另一个遥远的国家。

我们很像，这是她那么懂我的原因之一。

她比同龄人个子高很多，我也是。

她喜欢牛肉蔬菜汤，我也是。

有一点我们两个尤其相似，她也喜欢怪兽生物课。外婆童年时立志成为一名护士，而我想当医生或者科学家。

现在我们又多了一个共同点。她告诉了我她第一次来这个国家时的故事，那时候她在读大学一年级，语言不太熟练，口音很重。在护士学校的第一堂课上，她必须做个报告——整个过程中她也一直觉得不舒服、紧张。

不知道为什么，当我得知不是只有我一个人有这种感受时，心里的石头落了地。

外婆用深呼吸缓解紧张，她给我做了个示范。

"用鼻子吸气，用嘴巴呼气。吸气，呼气，吸气，呼气……"

她说我应该放慢速度，这样做效果最好。外婆还告诉我，时不时闭上眼睛也会有帮助。

练习了一会儿深呼吸后，我确实觉得好多了。虽然我的胃还在疼，但是没再觉得有鬃毛狮子坐在我胸口上了。

第 七 章

ST₄小妙招的故事

周四到了，今天有脏脏球练习。

现在不是比赛季，所以不必每天练习，一周练上一两次就行了。

我喜欢脏脏球。我是脏脏球高手，个子高、胳膊长是我的先天优势。

马文也打得不错。因为他个子比我们都矮，所以他非常卖力地做弹跳训练。

蒂米天赋异禀，他长着触手，因此能以各种匪夷所思的方式接住球。

今天训练我一直不在状态，一直在担心明天的报告以及可能会发生的种种倒霉事。

　　我试着按照外婆教我的那样深呼吸，不过还是会分心。有时候分心对我没什么影响，可能仅仅是球从身边弹开而已。不过有时候要是分心的话，对手可能就把球抢走了。

　　我胃疼得厉害，让我无法奔跑。我试着不去理睬，不停地深呼吸，还是有用的，至少有一点吧！

终于捱到了训练结束，戈尔贡教练让我们把东西收好。马文抓着球，蒂米拎着一袋子球衣，我捡起了脏脏球桶。我们一起走到储存柜放器材，这个时候马文问起了蒂米第二天做报告的事情。

蒂米说他完成得差不多了。听起来他胸有成竹，这让我更紧张了。我的胃真的疼得厉害。我做了几个深呼吸，但只管用了五秒钟。

马文转身问我："你呢，阿里？你的报告怎么样了？"

我用尽全力想要回答。我深呼吸，但身体却僵在原地，胃里像火一样灼热。马文和蒂米睁大眼睛看着我，等待我的回答。

　　我想说句什么，可还没说出口，眼泪就不争气地流了下来。我讨厌当个爱哭鬼。

戈尔贡教练想跟我谈谈，让我冷静下来，但我不想理他。我想找外婆，或者我的爸爸妈妈。我是个胆小鬼，连个报告都做不了。最后戈尔贡教练妥协了，他回办公室给我的爸爸妈妈打电话。他们当时正在来球场的路上。每次我练习脏脏球，他们都会在下班回家的时候接上我。

　　在等他们来的期间，马文和蒂米一直在外面陪着我。他们大概也不知道怎么办才好，蒂米一直问我："你还好吗？"

　　我的灵魂分成了两半，一半想装聋作哑，另一半依旧期待着和他们做好朋友。如果他们知道一个愚蠢的报告就把我逼成了一个哭哭啼啼的小怪兽，他们可能再也不会喜欢我了。这种事情大概只能跟爸爸妈妈还有外婆讲一讲了吧。因为他们是我的家人，就算不喜欢我了，也不会离开我。

我鼓足勇气向马文和蒂米袒露了心事。我告诉了他们我有多讨厌在一大群人面前讲话，我有多讨厌所有人的目光都集中在我身上。

　　我告诉了他们当格里姆老师在课上向我提问的时候我是多么害怕。我甚至告诉了他们我所担心的那些尴尬场景，比如被绊倒流鼻血，比如食物洒在了身上，比如我说了什么蠢话引得大家嘲笑我，比如我当众吐了。

一想到这些事情我的胃就疼得厉害

我讲到最后，蒂米皱起了眉头。他说他不明白我为什么会这么担心，这些事情可能根本不会发生。我干嘛要担心一些还没发生的事情呢？

而马文没有皱眉，他说："蒂米，有没有发生并不是重要的，关键是阿里害怕这些事情发生。所以咱们必须帮助她，对吧？"

蒂米的眉头舒展开来，他点了点头。

然后，他们向我分享了一个秘密武器——**ST₄ 小妙招**。

其实我早就多多少少知道一些关于小妙招的事情了。我见过马文在文件夹和活页夹上贴满了 ST₄ 贴纸。有一次在课上，他用拇指和食指比出相机取景框，从框里看格里姆老师。我也在蒂米的日常用品上见到过这种贴纸，一般是在他的平板电脑上，只是不清楚它有什么用。

我知道ST_4（STOP, TAKE TIME TO THINK）是"停下来，花时间想一想"的意思。ST_4看起来像个化学式，这样更容易让人记住它的意思。马文用它提醒自己集中精神，蒂米用它提醒自己规划好时间。马文说我也可以尝试**ST_4小妙招**，比方说我可以在脑海中想象一下做报告时的场景，慢慢就会冷静下来。

这个提议让我觉得很奇怪，我一直尝试着忘记要做报告这件事，因为我想起来就不舒服。但是正如蒂米所说，我想的那些倒霉事可能并不会发生。一切都是我自己幻想出来的。

所以我决定换个思路，停下来花时间好好想一下。和马文、蒂米聊过之后，我试着战胜那些可怕的念头，他们帮助我理清哪些事情才是真正有可能发生的，哪些是我自己想象出来的。

要是我绊倒了流鼻血怎么办？

马文觉得格里姆老师不会让我流着鼻血继续做报告的。她会先把我送到医务室，确保我没事。这个说法很有道理，格里姆老师其实脾气非常好，除非她非常生气。但是摔倒也不是我的错，她不会为此生气的。

要是我把食物弄得满身都是怎么办？

蒂米认为有两种方案：一是在吃饭那天我可以多准备一些纸巾；二是我可以多带一件衬衣——以防万一。这个回答让我觉得安心多了。

要是我吐了怎么办？

我知道了，格里姆老师是不会强迫我站在那里把报告做完的，她会送我去医务室，并且找一个清洁阿姨把我的呕吐物清理干净，然后我的爸爸妈妈或者外婆会来接我回家。呕吐真的很难受，但绝不是世界末日。

要是我说了一些蠢话，大家都嘲笑我怎么办？

《动物研究报告》
周五上交

马文和蒂米都有好主意。马文建议我仔细检查报告内容，确保没有错误。蒂米建议我在镜子前演练一下，这样我可以确保在讲台上不会支支吾吾，也不会说什么蠢话。或者我可以试着先给爸爸妈妈和外婆报告一遍。

今天我得做鬃毛狮子的报告

马文用特别严肃的声音说："如果有人嘲笑你的话，我和蒂米会'制服'他的。"

蒂米坚定地点了点头："你是我们的朋友。我们不会让任何人欺负你的。"

我要哭了——不是因为难过，而是他们这样说实在让我太感动了。

爸爸妈妈来接我回家的时候，我觉得已经好多了。马文和蒂米跟我挥手告别。因为戈尔贡教练的电话，爸爸妈妈都很担心我。不过我的胃已经不那么疼了，我还学会了ST_4**小妙招**，我唯一要做的就是学会更好地利用这个小妙招。

第 八 章

制作压力测量计

　　到家的时候，妈妈想给我再测量一下体温，因为我的胃还有点疼，而且我哭得停不下来——我以前从来不哭的。我还是默默期待自己发烧，但是体温计显示我的体温完全正常。

　　真的，我家应该换个体温计了。这个一定是坏了。

不过体温计也给了我一个小灵感。

　　我用纸和胶带为自己量身打造了一款ST$_4$贴纸——就像马文和蒂米的那样，然后把它们贴在文件夹和书包上。我还在书桌台灯上贴了一张，往床边的墙上也贴了一张。

如果我能像和马文、蒂米在一起的时候那样，停下来花时间想一想，就会意识到其实事情会进展得很顺利。

　　我的意思是，某种程度上是顺利的。反正做报告是逃不掉了。

　　我拿出了一张纸，在上面画了一个压力测量计。我把压力测量计分成四个部分，依次涂上绿色、黄色、橙色和红色。绿色代表着冷静——意思是我一点也不紧张，黄色代表着有点紧张，橙色代表着相当紧张，红色代表着非常紧张。

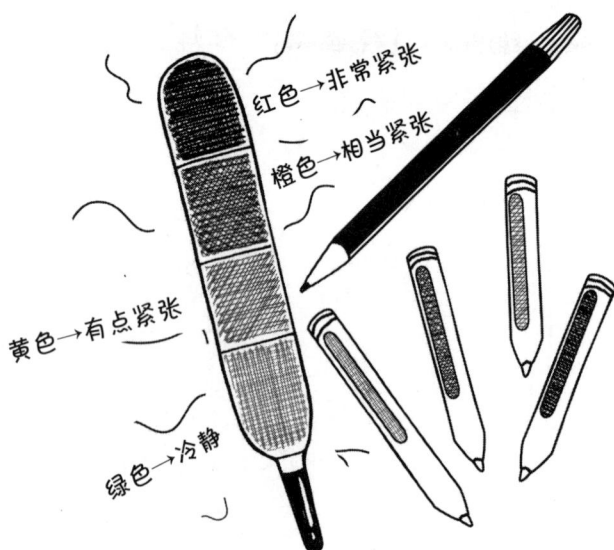

红色→非常紧张

橙色→相当紧张

黄色→有点紧张

绿色→冷静

从黄色开始我就需要**ST₄小妙招**的帮助，我先设想一个不好的情景，然后告诉自己这些都不会发生，以此来帮助自己克服这些小焦虑。之所以这么做是因为有些时候，我会把事情往坏处想，但事实并非如此。

　　所以我在黄色部分的旁边写下了ST₄。

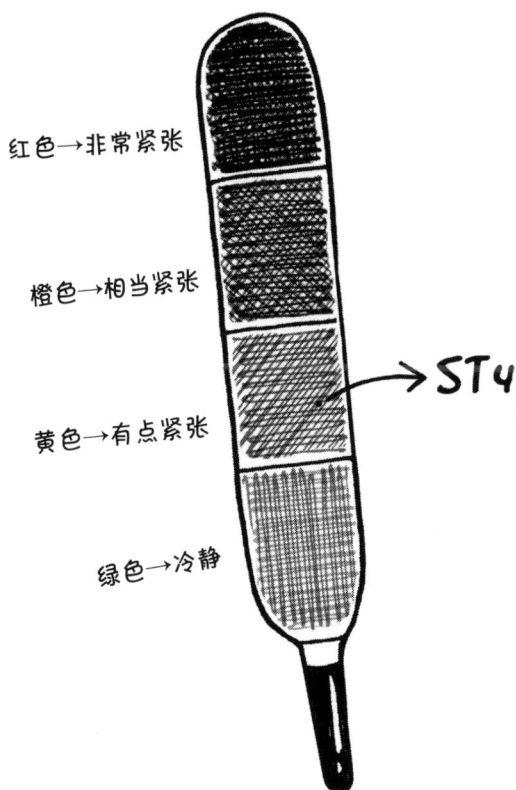

红色→非常紧张

橙色→相当紧张

→ ST4

黄色→有点紧张

绿色→冷静

红色→非常
　　　紧张

橙色→相当
　　　紧张

黄色→有点
　　　紧张

绿色→冷静

~深呼吸
~ST4

~ST4

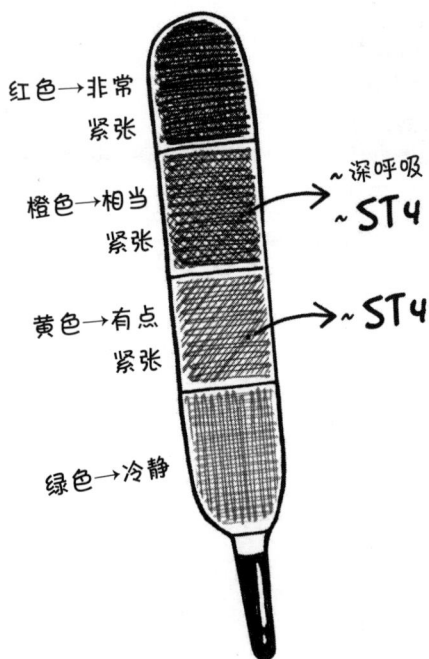

橙色代表着我需要深呼吸。吸气，呼气……吸气，呼气……就像外婆教我的那样。同时我也要使用 **ST₄小妙招**。

所以我在橙色部分旁边写下"ST₄""深呼吸"。

红色代表着我需要大人的帮助。马文和蒂米告诉我，如果我真的非常非常不舒服，还是应该告诉大人。要是我生病的话，爸爸妈妈还有外婆肯定都不希望我自己硬撑着，格里姆老师也会把我送去医务室。

我想戈尔贡教练也很想知道我那天到底为什么会坐在脏脏球桶上突然大哭起来。

即使我把身体情况告诉了大人，我还是需要深呼吸和 **ST₄小妙招**。这些办法能让我感到舒服些。

所以我在红色部分旁边写下了"告诉大人们""深呼吸""ST₄"。

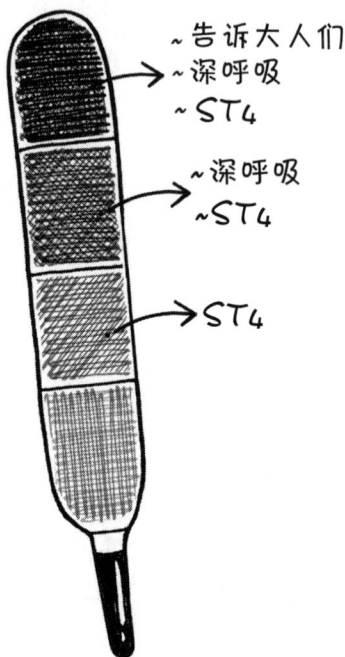

~告诉大人们
~深呼吸
~ST₄

~深呼吸
~ST₄

ST₄

画好压力测量计之后，我拿出了第二天要做的报告，仔仔细细地检查了起来，这是马文给我出的好主意。我检查了两遍，确保万无一失。

　　然后我走进浴室，对着镜子中的阿里读起了报告——我读了两遍！

　　我的手在发抖，我意识到这属于橙色等级的紧张。我得在读报告的时候做深呼吸。吸气，呼气……然后读一个句子；吸气，呼气……再读一个句子。

最不可思议的事情发生了，我的手不抖了。

　　我没想到自己能独立克服紧张焦虑，太不可思议了！

第 九 章

海尔斯坦一家人

我知道爸爸妈妈还有外婆都很担心我，一方面由于戈尔贡教练打电话告诉了他们我哭鼻子的事情，另一方面是因为我身体不舒服。我觉得让他们担心很不好，我不喜欢这种感觉。

　　不过我按照 **ST₄小妙招**的方法仔细想了一下。
我有时候太过焦虑了。在鬃毛狮子的狮群中，每
一只狮子都扮演着重要的角色。雄狮总是打瞌
睡，但它们是狮群的管理者。雌狮负责捕食，给
幼崽洗澡，它们是狮群的保护者。幼崽们也有工
作，它们玩耍、成长，跟父母学本领。

同样地，作为小怪兽，我还无法为家里做很多事情，只能不断地学本领。外婆教会我通过深呼吸让自己冷静下来，我喜欢学习新东西，也许我从爸爸妈妈身上也能学到一些本领。

我从楼上下来，看到爸爸妈妈正在厨房的餐桌旁说着悄悄话，外婆正在加热之前剩下的牛肉蔬菜汤，不过我知道她在竖着耳朵偷听爸爸妈妈的对话呢。我清了清嗓子，他们都朝我看了过来。

我提议晚饭后一家人去动物园。

我想在动物园里和他们说一说我的烦心事，因为在那里我更容易解释我的所思所想，我可以指着狮子给他们分享我对狮群和家庭关系的感悟。

　　但是爸爸说动物园现在可能已经关门了，因为动物们很早就休息了。

但去动物园对我而言很重要——于是我提议如果动物园关门的话，我们就去动物园对面的冰激凌店。虽然不太一样，但一家人可以挨着坐在一起。而且，我还能吃到冰激凌呢。

　　爸爸妈妈先是交换了一个眼神，接着一起看向了外婆。外婆耸了耸肩，继续搅拌着她的汤。接着爸爸妈妈只好同意了。

　　妈妈问我："阿里，我的宝贝，你还好吗？"

我刚要脱口而出"嗯，我没事了"的时候，停下来想了一下 **ST₄小妙招**。不匆忙下结论真的很有用。

如果我是我爸妈，要是听到我说"没事"，一定不会相信的，毕竟这一天我确实过得糟透了。

于是我说："这个啊，不太好。正是因为不太好我才想吃个冰激凌。虽然不想面对，但我想我必须得跟你们谈谈。"我顿了顿，继续说道，"还有，因为明天要做报告，所以今晚没有作业。"

我尽量让自己的语调保持平稳，但我知道我的声音在颤抖。

爸爸妈妈再次交换了一个眼神，接着一起看向了外婆。我知道这是大人们在用眼神"说"悄悄话，不过他们这样让我觉得很有意思。

爸爸问我是不是因为报告的事情才不舒服。我还没有准备好跟大家坦白，不过这个时候外婆替我解了围。她把一碗汤放在爸爸面前，告诉他我们到冰激凌店再讨论这个问题。

吃过晚饭我们就开车去了动物园，爸爸说得没错，动物园果然关门了。于是我们去了街对面的冰激凌店。冰激凌店还在营业。爸爸选了一支恶魔香草甜筒，妈妈要了一只奶油饼干甜筒，外婆选了一碗怪味粗面冰，我和往常一样，选了巧克力软糖冰。

我们就这样坐在冰激凌店里，而我将一切和盘托出。我告诉他们我不喜欢当着大家的面讲话，这让我觉得不舒服；我告诉他们有时候我的手会发抖，我一想到

做报告的事情就一直胃疼；我告诉了他们所有我害怕的事情，也告诉了他们我为什么哭鼻子。

不过我也告诉了他们外婆教我做深呼吸的事情，马文和蒂米用**ST₄小妙招**帮我的事情，以及我打算如何用压力测量计评估自己的紧张等级。

我甚至告诉了他们我很想成为一头雌狮，雌狮是勇敢的，但我不够勇敢。不过我还只是个小怪兽，或者说是幼崽，所以我只是还没有学会勇敢。

我一股脑全都说了出来，非常坦诚。起初想要坦白自己的内心想法很难，但是后来我几乎停不下来了。我差点又哭了。但是将这些都说出来，让他们知道一切后，我觉得好多了。

爸爸妈妈一言不发地听着我说完。我看了眼爸爸。

他用袖子擦了擦眼睛。

"爸爸，我没想到会把您弄哭！"

"没关系，阿里。"他用纸巾擦了擦鼻涕："你要知道，像雌狮一样勇敢，并不是什么都不怕。勇敢是即便害怕，也绝不退缩。"

"害怕没关系。听起来你也并没有退缩。"妈妈补充道:"你非常勇敢,阿里。"

"也就是说你已经是一头雌狮了,"外婆说,"你是我们家庭的一份子,我们都为你骄傲。"

第 十 章

恐怖日子

有些日子从早晨开始就很糟糕。

首先，周五来得实在太快了。外婆做了早饭，但我没有胃口，因为我的胃又开始疼了。

我想起了我的压力测量计。我觉得现在处在黄色等级，所以我选择使用ST$_4$**小妙招**，好好思考一下吧。

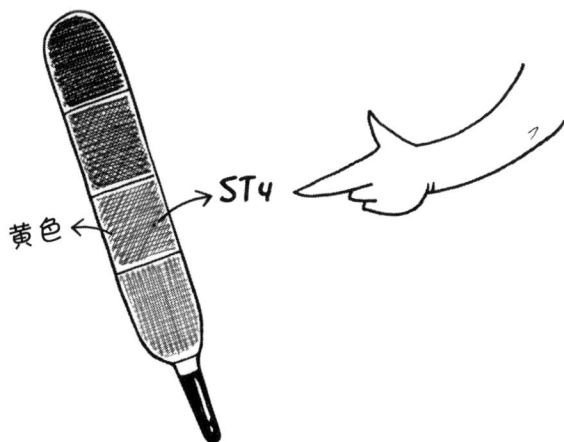

黄色 ← → ST4

我意识到如果不吃早餐的话，午饭前我得一直饿肚子，这无疑是雪上加霜。

咕噜

所以我还是强迫自己吃了些。吃完东西我觉得好受多了，外婆也很开心。**ST₄ 小妙招**必胜！

吃完早饭我就去学校了。大家都在讨论各自的报告，我知道我又开始紧张了。我口袋里装着画有压力测量计的纸，我把它拿出来，意识到自己现在处在橙色区域。所以我闭上眼睛，坐在凳子上深呼吸。吸气，呼气……吸气，呼气……

我睁开眼睛，看到了马文和蒂米。他们向我投来鼓励的微笑，并对我竖起了大拇指。我也对他们竖起了大拇指。

虽然我的压力值还没有降到绿色等级，不过我确实觉得自己的状态改善了很多。我从马文和蒂米那里学到了 **ST₄小妙招**，又自己发明了压力测量计。

今天的第一堂课是怪兽历史课。我本应该更专心一些，但是这门课实在太无聊了，我的思绪又飞到报告那里去了。

突然，我感到非常紧张。好像是橙色等级——但是已经接近红色了。如果ST$_4$**小妙招**、深呼吸和把担心的事告诉大人都不管用怎么办？如果马文和蒂米只是编了个故事来骗我怎么办？如果外婆搞错了怎么办？

我往地上看了看，看到我特地为报告准备的一个小道具从书包里冒了出来。我深呼吸，吸气，呼气……吸气，呼气……

外婆不会骗我的。我确定这一点。马文和蒂米是我的好哥们儿，ST$_4$**小妙招**也是真的有效果，我之前亲身体验过的。

　　格里姆老师宣布今天的怪兽历史课结束，接下来开始上怪兽生物课，大家要做报告了。

　　天啊！

挪威海怪

蒂米开了个好头，他的报告非常有条理。他讲述了一种大章鱼，身长可达三千米，居住在海洋深处。我们对这种生物知道得很少，大章鱼其实非常友好，有时候它们甚至会跟过往的船只打招呼。

马文紧随其后，他报告的主题是三尾猴。三尾猴能够用他们的三根尾巴做非常酷的事，比如剥香蕉，收集石头攻击那些企图吃掉他们的动物。

仙人掌汁

火蚁

　　刺毛怪佩内洛普的报告是关于会喷火的沙漠
獾。整个报告倒是没有太多关于沙漠獾喷火的细
节，不过我知道了它们非常挑食，只吃火蚁和仙
人掌的汁液。这个报告也很有意思。

　　然后就轮到我了。

　　我的手又开始发抖了，而且胃又开始疼得厉
害。我拿起报告和书包，走上了讲台。

大家都盯着我。我闭上眼睛，深呼吸。吸气，呼气……吸气，呼气……然后我把目光转向手中的报告。

"大家都知道，我的名字是哈丽雅特，"我颤抖地读了出来，"不过我的父母、外婆还有你们都喜欢称呼我的小名——阿里。这个名字来自我外婆博贝的母语，她小时候住在另一个国家，在那里，'阿里'的意思是'狮子'。所以我真的很喜欢狮子。"

我把手伸进书包里，取出了我的第一件道具：雌狮利昂娜。接着我取出了我的第二件道具，是讲解鬃毛狮子的巨大科普书。

然后我继续做报告。

提前对着镜子练习是很有帮助的，因为我意识到自己的声音有时会变得很微弱。出现这种情况的时候，我会停下来，做个深呼吸，然后继续。我耽误了很长时间，但格里姆老师没有吼我，也没有同学嘲笑我。不过，我的腿还是在发抖。

　　好像过了一个世纪那么漫长，我终于完成了
报告。我做到了！我拿着利昂娜、我的书和书
包，把报告递给格里姆老师，终于坐回了我的座
位上。

"很精彩的报告，阿里，"格里姆老师夸奖道，"同学们，让我们给阿里一点掌声。"

马文和蒂米都转过身来，再次朝我竖起了大拇指。

我深呼吸，也朝着他们竖起了大拇指。

　　有些日子虽然一开始很糟糕，但是它们会变好。现在我学会了用**ST₄小妙招**和深呼吸的方法掌控自己的压力和焦虑，调节自己的情绪。

爸爸妈妈也要学习的魔法

21世纪的孩子最有可能遇到的精神健康问题就是压力过大。压力本身可好可坏，它只是每个人在适应这个世界以及应对不同情况时所产生的认知与行为体验。无论是家长还是孩子，面对压力时最常见的情绪就是恐惧。恐惧是一种报警信号，让人们在面对危险时做出选择——勇敢面对或是怯懦逃避。恐惧有时非常有用，但有时这个报警系统会"风声鹤唳"。恐惧之所以被放大其实受到诸多因素的影响，包括环境因素以及生物个体的体质差异。一些人善于适应以及回应有压力的情境，而另一些人可能需要更多的帮助。我们强烈推荐各位和医生谈谈自己在压力管理方面所面临的挑战。

人们可以选择如何应对压力，以及如何处理恐惧——

这是本书的目的。如果孩子面对压力时很容易感到焦虑，这对家长来说是很大的挑战，但幸运的是，这并非无计可施。

家长不要避讳和孩子谈论与压力、恐惧有关的话题。要给孩子信心，并且寻找一个安全的环境，在那里和孩子敞开心扉，谈谈内心感受，这些是对家长的基本要求。让孩子知道你会尽最大努力为他们遮风避雨，随时可以为他们提供帮助和安慰。

你需要察觉孩子受到压力困扰的迹象，这是帮助孩子适应压力的第一步。让孩子知道任何人都会时不时被愤怒、悲伤以及恐惧笼罩，而这些情绪并非每次都有明确的来由。人们常常在考试、当众讲话、进入新环境或者接触陌生人时会出现这些情绪。当人们感到焦虑、担忧时，可能会感到胃不舒服，心跳加速，被太多思绪搅得脑袋一团乱麻。

告诉孩子这些感觉就叫做"有压力"。人在不得不尝试一些新鲜事物或者与之前不同的事情时就会感到有压力。感到有压力和紧张都是正常的，如果能够向家长倾吐这些感觉，孩子就会觉得舒服些。教会孩子什么是压力，并且告诉孩子，家长理解他们，这是非常有用的。知识是处理恐惧的强有力工具。

帮助孩子处理压力和焦虑需要正确的工具。我们可以准备一个压力管理"工具箱"。

压力管理工具箱中有两类基本"工具",对各个年龄段的孩子都适用,不受孩子能力水平的影响。接下来用这些工具帮孩子处理压力和焦虑。第一步,让孩子勇敢表达自己的情绪,大声说出"我感到……"或者坦诚面对自己的情绪,有时候仅仅是说出"我感到"这三个字就足以消除疑惑和焦虑情绪了。如果无法做到让焦虑烟消云散,至少可以起到缓解作用。

第二步，帮助孩子确定应对方案。这个时候要引导孩子说出"我能……"。接下来，我们会讨论许多孩子用来应对压力和恐惧的方法和工具。

"我感到……"

不管是孩子还是成年人，每个人都有不同的压力体验。家长要帮助孩子认识到有压力时的感受是怎样的：会觉得肌肉紧绷得像铠甲一样吗？（就像有人要打你腹部时你的应激反应）会呼吸急促或者呼吸困难吗？会觉得腹痛难忍甚至想呕吐吗？家长要向孩子解释，如果肌肉长时间处于紧张状态，就会感到疼痛——就像头疼一样——如果长时间呼吸急促，你可能会感到眩晕甚至误以为自己生病了。

向他人描述自身感受有助于了解自己的精神状况。对许多孩子来说，恐惧是神秘的，能够压垮他们的精神，让他们倍感压力。不过一旦孩子能够给焦虑分类，和自己的内心进行情感交流，并开始想办法克服压力时，这些焦虑和恐惧情绪就不会和孩子的肠胃较劲了，这些情绪会进入头脑里，在这里孩子可以通过思考更有效地克服压力。这时，就算孩子觉得害怕，心脏怦怦直跳，胃里翻江倒海，他们也会知道这不是世界末日，天也不会塌下来，只是自己有压力而已。

让孩子回答下列问题：

1）你身体出现过这些状况吗？

- 头疼
- 胃里翻江倒海
- 心怦怦直跳
- 手心冒汗
- 脸红
- 肌肉紧绷
- 做噩梦

2）你会不会经常感到……

- 忧虑担心
- 伤心难过
- 失控发怒
- 紧张害羞

3）你是否经常……

- ·害怕当着同学的面讲话
- ·忘东忘西
- ·觉得被刁难
- ·开不得玩笑
- ·在意他人的看法

如果你的孩子有以上情绪或者症状中的几种，说明他们可能感到压力很大。让他们大声说出来："我的压力很大。"

"我能……"

好的，既然你的孩子已经了解了压力过大的症状，那下一步就是学会如何处理压力。这就是压力管理的第二步，"我能……"，这将帮助家长和孩子确定哪一种压力管理"工具"对孩子最有效。

你可以教孩子学会使用三种压力管理方法：呼吸控制法、身体控制法、思维控制法。以下是具体内容：

☀ 呼吸控制法

慢慢地深呼吸。从一数到四，完成吸气过程；再从一数到四，完成吐气过程。感受身体慢慢放松下来。这样重复五次。有时候就算只做一次也能帮助孩子放松下来。

☀ 身体控制法

收紧脸部肌肉，双眼紧闭，牙关紧咬。坚持三秒钟后放松脸部肌肉，感受这两种状态的差异。重复三次。现在握紧拳头，收紧胳膊上的肌肉，收紧腹部。坚持三秒钟后放松。重复三次。并拢双腿，用手指尖够脚趾。坚持三秒后放松。重复三次。感受一下。

💡 思维控制法

控制呼吸和肌肉之后，你需要放松精神。现在想象一处美丽静谧的地方，可以是沙滩、森林，甚至是你的房间！想象你正置身其中。想象这个地方有哪些景物，想象你能听到哪些声音。告诉自己："我能控制自己的身体和思维。我烦躁的时候能冷静下来。"反复这样告诉自己，或者背诵一些能让自己平静或自信的句子、咒语或者祷告词。

💡 练习

每天练习一次，在家里、学校或上学路上都可以练习。在睡前练习会很有效果。这些"工具"很快就能帮助孩子缓解压力，但具体效果因人而异。你最喜欢哪一种？你还能想到其他有助于平复心情和减轻身体不适的训练吗？

哈丽雅特的压力测量计

压力管理工具箱的另一种工具就是压力测量计，可以将感受（我感到……）和应对策略（我能……）结合起来。

它帮助孩子为自己的压力程度分级，然后确定使用压力管理工具箱中的哪一种工具。

以下是压力测量计的制作方法：

1) 画一支老式温度计或者试管，将主体分成四个部分。

2) 底部涂上一种你认为代表平静的颜色（比如绿色）。标号为"1"。

3) 从下往上的第二部分涂上一种代表刚刚开始感到紧张的颜色（比如黄色）。标号为"2"。

4) 从下往上的第三部分涂上一种代表感受到压力的颜色（比如橙色）。标号为"3"。

5) 最上层的部分涂上一种代表感受到巨大压力的颜色（比如红色）。标号为"4"。

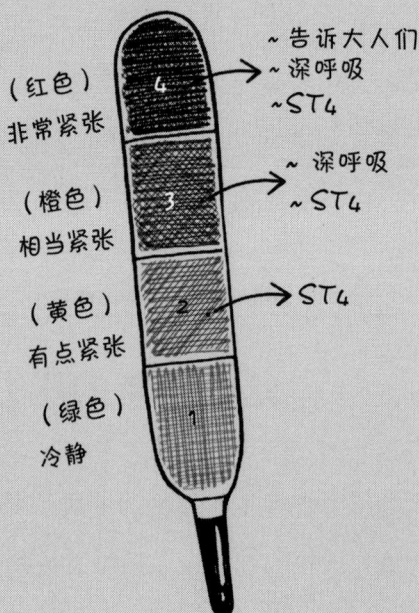

（红色）
非常紧张

~ 告诉大人们
~ 深呼吸
~ ST4

（橙色）
相当紧张

~ 深呼吸
~ ST4

（黄色）
有点紧张

→ ST4

（绿色）
冷静

6）压力测量计的左侧是"感受"栏，在每一部分旁边写下孩子在这一压力等级下的典型感受和身体状况。

7）测量计的右侧是"策略"栏。在每一部分旁边写下应对这一等级压力的解决策略，比如第3等级用呼吸控制法，第4等级用冲澡冷静法。

注意：完整的压力测量计并不是那么容易就画好的，不过这个事情不必强求一次就成功。

简单识别出所在的压力等级已经代表孩子对当下的情绪有了一定的应对策略，相信他们最终会彻底克服焦虑。

定好的计划和节奏，甚至是生物钟，经常会被压力搅得一团糟。孩子在使用工具箱的应对策略（呼吸控制法、身体控制法、思维控制法）时，家长要确保孩子有一定规划，保证孩子健康饮食并得到充分休息。能提高节奏感的活动也会让人平静下来，比如听音乐、荡秋千、骑自行车，以及我最喜欢的节奏运动——游泳。运动是很好的解压器！

ST$_4$小妙招

哈丽雅特·海尔斯坦用到的另外一个压力管理工具是**ST$_4$小妙招**，这在先前的几本书中已经由哈丽雅特的朋友马文和蒂米介绍过了。ST$_4$被用来提高注意力和自我意识，帮助孩子通过集中注意力来改变所处的情境，从而更有力地掌控自己的身体和思维。让孩子自己亲身参与，而家长在旁陪伴的方式可以给予孩子信心，同时家长也能更好地理解孩子面临的挑战。

💡 **如何使用ST$_4$小妙招**

· 让孩子知道他们能学会控制自己的身体，不乱说话，甚至能控制自己的思维！这将赋予孩子巨大的能量。

· 解释什么是化学式，比如水的化学式是H_2O，氧气的化学式是O_2。如果这个概念过于抽象，就用字母和数字来表示。

· 解释ST$_4$的意思。停下（STOP）正在做的事——S。然后花时间好好想一想（TAKE TIME TO THINK）。数一下有几个T——四个，对吧？一个S和四个T——这就是ST$_4$的由来。

· 把这个化学式印在贴纸或者徽章上。

· 把贴纸贴在书包上、文件夹上、学校的桌子上或者浴室的镜子上！

· 告诉老师什么是ST$_4$，他们可能会在课堂上用到，需要提醒孩子时，老师只需要指一下他桌子上的ST$_4$贴纸。

· 如果孩子更希望将ST$_4$作为小秘密也没关系。保密除了能够在孩子和老师之间建立积极和睦的关系，还可以避免秘密被公布所带来的不必要的羞耻感。

放松泡泡练习

这是压力管理工具箱中的最后一个工具。这个放松训练需要你读给孩子听。

我们花几分钟，一起讨论一下如何放松身体，控制自己的思维。如果你感到紧张或担忧，试着进行下面这个活动。

找到自己最舒服的状态。很好。闭上眼睛，慢慢地、深深地吸气，然后假装向空中吐出一串长长的泡泡。再次深深地吸气，然后慢慢地再吐出一串长泡泡。想象这些泡泡飘到了空中。看这些泡泡在阳光下五彩斑斓，闪闪发光。

慢慢地、深深地再吸一口气，继续吐出泡泡。感受你的身体如何变得舒适而平静。感受你的肌肉放松下来，感受自己是怎样变得越来越舒服。好啦，你现在放松下来了。

你可以在任何时间练习深深地吸气然后慢慢地吐出泡泡，这种方法可以有效地缓解焦虑和恐惧。你也可以使用压力管理工具箱的其他工具。你现在是身体的主人了，感觉如何？

希望大家试完以上方法能平静和放松下来！